REINHOLD DEZEIMERIS

LETTRE

A M. PH. TAMIZEY DE LARROQUE

SUR

LES POÉSIES DE JEAN RUS

BORDEAUX

IMPRIMERIE G. GOUNOUILHOU

11, RUE GUIRAUDE, 11.

1875

LETTRE

A M. PH. TAMIZEY DE LARROQUE

SUR

LES POÉSIES DE JEAN RUS

———

Bordeaux, 5 Décembre 1874.

Vous avez, mon cher ami, fait une curieuse trouvaille. Rus était digne de vous rencontrer, et l'histoire littéraire de la Guyenne vous devra la restitution d'une de ses pages essentielles.

C'est, en effet, un personnage original que ce poète. Éloigné de la Cour, il n'est cependant nullement en retard sur le mouvement littéraire de son temps, et, dans une certaine mesure, il pourrait permettre de soutenir que, chez Marot et Saint-Gelays, les qualités maîtresses, quant au langage, étaient, plus qu'on ne l'a cru, des qualités méridionales.

Votre Gascon est un artiste de valeur. Je ne sais si, dans les poésies latines qu'on attendait de lui, il eût été, en imitant Pontano et Flaminio, aussi habile et heureux qu'en imitant en français notre Marot; mais il me paraît vraiment digne de compter parmi les bons disciples de ce dernier. Du reste, il sait par cœur son modèle; cela se sent à toutes les lignes, et, pour le démontrer, il suffirait de citer en dessous de ces vers du *Blason de la Rose* (p. 13) :

O belle rose à Vénus consacrée, etc.

l'*Estrenne* de Marot (t. II, p. 239, éd. P. Lacroix) :

La belle rose à Vénus consacrée
L'œil et le sens de grand plaisir pourvoit,

> Si vous diray, dame qui tant m'agrée,
> Raison pourquoy de rouges on en voit.

Suit, dans Marot, la fable de la piqûre de Vénus, que Rus, de son côté, développe à la suite du vers cité plus haut.

Son imitation de Mellin n'est pas moins évidente. Il traite souvent les mêmes sujets que lui (par exemple dans son épigramme *Du Roy et de l'Empereur,* p. 42 : comparez Saint-Gelays, t. II, p. 114, éd. elzev.); et ne dédaigne pas d'employer ses procédés, en les détournant avec habileté. J'ai même cru, un instant, le prendre la main dans le sac. En effet, Saint-Gelays avait dit (t. II, p. 406, éd. elzev.) :

> Pour faire voir en un tableau
> Cytherée à la blonde tresse,
> Zeuxis print jadis le plus beau
> Des plus belles filles de Grèce, etc.

Mellin, qui était un érudit, connaissait ces petites historiettes classiques; mais ici, il s'est trompé sur le sujet du tableau [1] : Zeuxis, en cette occasion, avait peint une Hélène et non une Vénus. Or votre Rus, bien que docte aussi, pourrait avoir pris la chose de seconde main. Il la reproduit ainsi :

> Cil qui jadis paignoit *la belle Dame,*
> Ne prenoit pas d'un seul corps son advis,
> Mais il prenoit le beau nez d'une femme,
> D'un autre l'œil, d'un autre les sourcils.

La belle Dame, n'est-ce pas *la belle* par excellence, ἡ καλή, la beauté même, Vénus enfin, tout comme dans la version de Saint-Gelais? Et, à ce sujet, « pour l'amour du grec, » permettez que je transcrive quelques lignes extraites des manuscrits de mon ami bien regretté, Jean Lespine.

Vous savez que j'ai acquis jadis les travaux du savant Philippe Le Bas relatifs à Théodore Prodrome (celui-là

______

[1] Il n'est pas le seul qui ait commis cette erreur. Voyez les notes de Bayle à l'article de son *Dictionnaire* consacré à ZEUXIS.

même sur lequel M. E. Miller vient de faire à l'Institut
une bien intéressante lecture). Parmi ces papiers se trouvaient des épigrammes grecques que Le Bas avait fait
imprimer, mais qui n'ont point été livrées au public. Lespine,
cet « helléniste de première distinction, » comme l'appelait
justement Sainte-Beuve [1], Lespine avait traduit et com-
menté ces pièces. Voici la première, où le poète s'adresse à
son amante :

> Ἔρις μὲν ἦν πρὶν ἐν θεῶν συνεδρίᾳ,
> τῇ γὰρ καλῇ τὸ μῆλον ἐγράφη τότε·
> ἐν σοὶ δὲ σιγᾷ πᾶν γυναικεῖον στόμα,
> καλὴ γὰρ εἶ σύ, καὶ καλὴ πασῶν μόνη.

> « La pomme qui portait écrit : « *A la plus belle !* »
> » Mit Junon et Minerve et Vénus en querelle.
> » Mais ta beauté n'a pas de rivale ; en effet,
> » Devant toi, chaque femme est vaincue, et se tait.

Sur le second vers, Lespine disait : « Τῇ καλῇ (à la belle),
» pour τῇ καλλίστῃ (à la plus belle), par une sorte d'antono-
» mase, comme si la belle était la seule réellement belle [2].
» D'ailleurs, d'après la tradition, l'inscription de la fameuse
» pomme ne parlait pas de *la plus belle*, mais simplement de
» *la belle ;* Lucien, entre autres auteurs (*Dial. des Dieux*, xx;
» *Dial. marins*, v) [3], le dit formellement; ἐπεγέγραπτο δέ· ἡ
» καλὴ λαβέτω (elle portait l'inscription : *Que la belle la*
» *prenne !*), bien qu'il appelle la pomme elle-même τὸ
» καλλιστεῖον (le prix de la plus belle) [4]. L'auteur de l'ins-
» cription, c'est-à-dire la Discorde, avait bien compris, sans
» le secours de la grammaire, que le positif était, dans ce
» cas, autrement énergique, autrement perfide que le super-
» latif, et qu'il exciterait bien plus vivement l'émulation des

[1] *Nouveaux Lundis*, t. VII, p. 7.
[2] « Comme d'ailleurs l'explique Nicétas Eugenianus [II, 287, 288], de
peur qu'on ne le comprenne pas. »
[3] « Cf. Eumathe, liv. II [7, p. 49, Gaulm.]. »
[4] « Euripide (*Hélène*, 23 et 1097) appelle κάλλος le prix de la beauté. »

» déesses. Théodore Prodrome n'a donc pas employé ici, à
» proprement parler, le positif pour le superlatif, mais,
» disons-le pourtant, quand il l'aurait fait, ce tour n'aurait
» eu rien de bien insolite. Ainsi, dans le *Cantique des Canti-*
» *ques* (I, 7), la Sulamite est appelée par son amant : ἡ καλὴ ἐν
» γυναιξίν (¹), etc. »

En vous appuyant sur ces citations mêmes, vous allez me
dire que je fais à Rus une querelle.... de Gascon. Je ne m'en
défends point, et maintenant que j'ai trouvé occasion de
rendre hommage, près de vous, à mon cher Lespine, je ne
suis nullement d'humeur à chicaner un autre Bordelais, fort
estimable aussi, et je m'empresse de reconnaître que *la belle
Dame* de Rus peut parfaitement être Hélène, cette Hélène
qui faisait avouer aux vieux Troyens (*Iliade,* III, 156) que
ce n'était pas trop de soutenir une longue guerre pour une
telle beauté, et dont le bon Meziriac dit précisément (*Epis-
tres d'Ovide* t. II, p. 361) : « On ne doit pas révoquer en
doute qu'Hélène ne fust *la plus belle Dame de son temps.* » On
peut voir d'ailleurs, dans les notes de Bayle (art. Hélène)
qu'elle passait pour réunir toutes les conditions de la beauté,
à savoir... mais ce n'est plus de cela qu'il s'agit et je vous
entends murmurer les vers d'Homère (*Iliade,* XXII, 126) :

Οὐ μέν πως νῦν ἔστιν ἀπὸ δρυὸς οὐδ ' ἀπὸ πέτρης
τῷ ὀαριζέμεναι, ἅτε παρθένος ἠίθεός τε,
παρθένος ἠίθεός τ ' ὀαρίζετον ἀλλήλοιϊν.

Je m'arrête donc. Ces vers d'ailleurs, que m'expliquait jadis,
à Saint-Louis, mon cher maître Alexis Pierron, devenu depuis
éditeur d'Homère, ces vers me ramènent naturellement à Rus.
En effet, ils offrent un exemple fameux de cette figure appelée
épanalepse, dont les poètes anciens ont souvent usé (²), en
reproduisant, au commencement d'un vers, le membre de

(¹) « Cf. Saint-Marc (X, 43). Nicétas Eugenianus (VI, 549) :

» τὴν ἐν γυναιξί σε Δρόσιλλαν κοσμίαν. »

(²) Voyez Boissonade, notes sur l'*Iliade,* B, 871; et Ruhnken, notes sur
Callimaque, *Bains de Pallas,* v. 40.

phrase qui terminait le vers précédent. Ovide employait volontiers ce procédé dont Virgile offre d'admirables exemples (*Énéide*, XII, 546-547) :

> *Hic tibi mortis erant metæ; domus alta sub Ida,*
> *Lyrnesi domus alta, solo Laurente sepulchrum.*

Les poètes latins de la Renaissance ont renouvelé cette figure, et Rus s'en est servi avec une persistance qui indique combien il y avait chez lui de préoccupation de la forme ([1]). Il a déjà un certain sentiment du tour et de la grâce; de la grâce française, si naturellement voisine de la grâce attique. Et, à ce sujet, on ne doit pas oublier avec quelle application les lettrés d'alors furetaient dans les trésors nouvellement découverts de l'*Anthologie*. Ils s'attaquaient, il est vrai, de préférence, aux pièces mignardes ou même précieuses; mais, dans cette lutte un peu rétrécie et sans élan, ils trouvaient du moins l'occasion d'étudier de près et de comprendre la valeur de la précision et les ressources de la délicatesse. Voyez ces vers de votre auteur (p. 43) :

> O Apollo ! ô Muses ! ô Pallas !
> Voila votre art, mesure, rythme et muse :
> Je vous rends tout : il n'est plus temps, hélas !
> Il n'est plus temps qu'à cela je m'amuse.

Ce n'est pas sans doute le grave *Hic victor cæstus artemque repono;* ce n'est pas non plus le mélancolique *Domus alta sub Ida;* mais ne vous semble-t-il pas avoir rencontré quelque chose de pareil dans les bluettes d'Agathias ou de Macédonius ([2]), et ne trouvez-vous point, dans cette répétition

---

([1]) Voy. p. 12, 15, 18 (trois exemples), 27, 52, 53, 55, etc.

([2]) Je note en passant, et à la course, quelques imitations de l'*Anthologie :* p. 50, *ép. d'une damoiselle qui se nommoit La Riviere, etc ;* Cf. Méléagre, *Anthol. Plan.* VII, 107; — p. 57 :

> Voire l'envie en soy a tel effect
> Qu'elle ne nuyt fors a celluy qui hait ;

Cf. Anonyme, *ibid.,* I, 83, 5 ; — p. 54, *Travaux d'Hercule;* Cf. *Anth. Plan.* IV, 8, 6. On trouve dans Ausone (Idyll. XIX) une pièce latine où sont énumérés en

élégante et opportune, comme un souvenir de la coupe consonante et symétrique si familière au pentamètre des épigrammatistes grecs?

Je vous parlais tout à l'heure de Flaminio. Il me semble, en effet, en plusieurs passages, retrouver des réminiscences latino-italiennes (¹), et la jolie pièce de votre poète sur la rose d'une belle dame (p. 39) est positivement imitée des distiques latins des Strozzi, du père et du fils, *sur la rose de Lucrèce Borgia* (²). Mais Rus, qui vivait dans ce moment de première renaissance où les fleurs littéraires surgissaient avec un éclat plein de fraîcheur et de nouveauté, Rus qui aurait pu exceller à tourner en français tant de charmants petits riens, a préféré se griser de mots, avec les fades litanies du blason. Que ne s'est-il contenté des agréables redites des hendécasyllabes catulliens? Lui à qui le souffle vigoureux faisait défaut (³), mais qui avait à son service la langue déliée, il eût pu, avec quelques courtes pièces en plus, dans le genre de ses meilleures, s'assurer une place fort distinguée parmi les prédécesseurs de La Fontaine.

Tel quel, il n'est nullement à dédaigner; il a droit à une place distinguée dans l'histoire des progrès de notre

---

douze vers les douze travaux d'Hercule. L'*Anthologie latine* (I, 42, Burm.) en a recueilli une autre, composée de vers monostiques. Ce sont des imitations de la pièce conservée dans l'*Anthologie grecque*. Je crois que Rus a pris pour modèle un de ces morceaux de littérature mnémonique.

(¹) Je crois, par exemple, trouver l'indice d'une imitation commune dans ces vers de Baïf (*Passetemps*, liv. II), qui se rapprochent tant du commencement du *blason* de Rus :

> Ce n'est point la paquerette,
> La marguerite, le lis, etc.

(²) Édition de S. de Colines, folio 86 recto, et 254 recto.

(³) Il faut constater cependant que le *Triste Chant d'une dame* (p. 27 et suiv.) renferme, vers la fin surtout, d'excellentes strophes qui rappellent la deuxième *Idylle* de Théocrite. Il est possible que cette pièce ait été inspirée aussi par quelqu'une de celles que composaient alors, à l'imitation des *Héroïdes* d'Ovide, les poètes latins du commencement du seizième siècle.

langage (¹), et l'on doit vous remercier d'avoir travaillé à le sauver de l'oubli, ou même d'une mort imminente.

Dignum laude virum Musa vetat mori.

Ce ne sera pas la première fois que, pour cette bienfaisante mission, vous aurez prêté à la Muse l'appui de cette main vaillante que je serre très affectueusement.

Tout à vous,

Reinhold DEZEIMERIS.

P.-S. — J'ajoute ici quelques notules, pour remplir ma page.

Page 15, vers 2 :

Rose sur l'œuvre naturelle.

Est-ce une tmèse, à l'imitation des grecs et des latins? Cela ne serait pas impossible, mais me semble cependant peu probable, et je verrais là plutôt une de ces transpositions typographiques, comme il en échappe si souvent aux compositeurs les plus habiles. En ce cas, il faudrait lire :

Rose, l'œuvre surnaturelle.

P. 35, Épigr. : *D'une belle amye :*
Afin que le lecteur ne soit pas arrêté au milieu de cette pièce charmante, il ne serait peut-être pas inutile de l'avertir

---

(¹) Au point de vue de la versification, il offre plus d'un détail curieux. Qu'il me suffise de citer ici ces vers d'une coupe que Malherbe proscrivait, mais que les romantiques ont renouvelée (p. 36) :

Or le mien œil pour soy vous a choisie
Et le cueur *s'est remis* en son vouloir ;

et ceux-ci (p. 39) :

L'ung dict qu'elle *est paincte ;* l'autre suppose
Que Vénus l'a de rechief enrougie.

qu'au vers 3 les mots : *il va trouver* signifient : *voila qu'il rencontre*.

P. 47, Épigr. : *Du mariaige.*

Cette pièce pourrait être la paraphrase d'un passage d'Hésiode, *Travaux et Jours,* 702-705.

P. 50, Épigr. : *De la vieille Jehaneton.*

Les anciens appelaient *metalla,* outre les métaux proprement dits, toutes sortes de produits fossiles, le marbre, les pierres précieuses, etc. On comprend dès lors comment a pu s'introduire une confusion entre l'ambre (succin) et la composition métallique désignée sous le nom d'*electrum.* Chez Rus, cette confusion doit provenir d'un emprunt, car je la retrouve dans Hésychius (au mot Ἤλεκτρος), précisément à propos des Héliades. Cf. la note de Gesner sur Lucien, t. III, p. 87, de l'éd. de Reitz.

(*Extrait des* Œuvres de Jean Rus, *publiées par M. Ph. Tamizey de Larroque.*)

Bordeaux — Imp G. Gounouilhou, rue Guiraude, 11.